向亮

夜歌

輯貳：是好

輯參：相見

世界很美好
如你一般

無邪的吻痕

——寫給孫得欽《白童夜歌》／任明信

忘記和孫得欽是怎麼認識的，好像是因為胡家榮，又好像是因為克里希那穆提。已想不起初識的光景，隱約是咖啡館，不正經地讀詩聊詩，而後來的記憶，則都是在走路。走路的意思不是真的，而是我們分別在日常裡，看似漫無目的地生活，只偶爾相遇在不同的場合，其實潛意識裡密謀著某種遠行，為此做著各自的練習。

可我猶記得第一次讀完《有些影子怕黑》的心境，彷彿沒入暗色沼澤，覺得危險，卻異常安心，拖著沼泥的身體持續失溫，卻走得堅實。

孫的文字亦如他當時喜愛的兩位攝影師：Jan Saudek 和 Joel-Peter Witkin，有前者的直面與赤誠，樂於揭現、捕捉常人的神態與肉身的美；也有後者對黑暗面的探索與撥撩，一面挑戰世俗既定的對神聖和道德的印象，同時解構，再重新組建它們。《白童夜歌》也延續了這個部分，如〈身體意志〉：年輕的身體／讓人看了就好想折磨，和〈偉大情操〉裡的字句：靜坐冥想／卻一再勃起；暴力累積到／快要行使／就趕快行善抵銷，〈安慰我〉對神的褒謗：神也允許你／心裡抱著毒蛇／口中甜如蜜；願神安慰我們／像安慰那些不愛祂的人，和祝禱般的兩首短詩〈神〉：你的名字／借我／當作所有罪惡的名字；累了／何不跪下來／親吻我的腳趾／讓我哄你入睡。

它們讓我想到了莊子的「支離其德」，與老子的「正言若反」，前者是拆解、重新爬梳以破除對於道德的認知框限，後者則是透過反向事物來對比、烘托其他面相的真實，而這正是初讀本書最過癮之處，例如：痛苦是你還沒學會／如何享受的歡愉〈動靜：動物III〉，讓一顆心完整的／不是另一顆心／而是破碎；幻滅是你所能經歷／最美的事；我失敗了／因而贏得命運的拋棄〈滴答滴答〉，與末詩〈再見，再見〉裡，恍如咒詛的祝福：願你的傷口永不癒合；在宇宙面前／誰的幸福／大過失去所愛的那人？這是比過往更深入的觀照視角，他從藝術家、詩人的眼光，轉變成尋道者、修行者。

說到修行，還是要聊聊走路。

後來，我們越來越少談文學和藝術，而是慢慢走到唐望，克里希那穆提，奧修，禪宗，中醫，老莊，身體引導，到近期的潛意識，薩古魯和瑜伽。我們久久碰一次面，見了面什麼都聊，那怕私密傷口，也樂於互揭。每次碰面都帶著更生的喜悅，好奇對方最近看到什麼新東西，也期待與對方分享近期所學。

也是在這樣的後來，我們的價值觀與世界觀不斷混同，如今我眼中的他，已然成為自私而溫柔的人了。那自私是出於他對自身的高度覺察和思省，是往內走入至深，而非只顧己身並不與外界交融；溫柔則來自於他的個性與興趣的廣泛，懂越多的人越是明白自己的無知。自私與溫柔，亦反映在他的文字中。像黑洞的內旋，如引力，如某種特別的洞見，有時說破，有時說而不破：沒菸癮太可惜／你不知道那種迫切熱情／有菸癮也太可惜／你不知道那種毫不在乎〈也是一樣〉；恨要及時／以免什麼／都已被原諒；是奇蹟遙不可及／還是你被催眠／成了凡人〈際遇〉。如天地不仁，看似無心卻處處著心：還是假裝淋得到雨／而撐起傘來吧／這樣對別人來說／也比較安心一點〈因為沒有什麼能把我們淋濕〉；動的物體／靜的深淵／／從冥冥之中／跳下來的／最後都剛好落在／毛絨絨的肚皮上〈動靜：動物Ｉ〉。

他一邊像謙和的傳道者，說著殘酷的箴言，教人重新念想世界；一邊像笑容可掬的禪師，適切地棒喝，要人破執，要人再看。像老子的「為道日損」，損到底了，才有可能看淡看透，最後看穿看破：你空了一塊／就有更多的風／能吹過去／／你全部空了／你就是風〈更多〉；我離正確越來／越遠；我一直／在退化；我感激／如果這是取巧／那就／取吧，把我的／巧／全部取去〈取巧〉。然而，詩集裡依然有著更神祕、更不可解的段落。它們帶著異樣的遼闊，漠然又深情，使我想到自己在高峰經驗中感受的心境，某種無邪的，純粹的狂喜，如〈動靜：動物I〉的字句：有些危險／全然出自想像；〈只是通過〉中的明示：世界／有活著和痛苦通過；說起來／花與石頭都更廣闊／那水潭亦更廣闊／但就連這些／也只是通過；和〈動靜：靜物II〉裡的留白：明明是共同愛過的人／有的人說在這裡／有的人說不在這裡。

孫找我寫推薦序的時候，第一時間是期待，心底滿懷祝福，且迫切地想將它們轉化成文字。儘管自己並不擅長寫這類的推薦，常深怕寫壞了，淺化了作品。在讀完詩集之後，竟完全忘記先前的擔慮，只替他開心。這是他的覺知之書，亦是他的載道之書與破道之書。想起這些年的情誼，彼此生命發生的種種際遇，直覺可以用他自己的詩句來歸結：

或許那就是一切

一個吻來到
當我連它的主人都忘了
只剩下吻
那
就是一切

沒有吻的人，也沒有被吻的人。唯有一個，淺淺的印記。

謹以此文祝福孫和他的詩集。

*任明信，詩人，著有三本詩集，一本散文。

輯壹：有我

安慰我

1
害怕的時候我就借用神

2
嫉妒的時候我就借用神

3
臉書上看到人寫
願神安慰我們。

4

愛裡沒有忍耐
愛是不嫉妒

5

你還不知道
是因為
還沒有徹底死過一次

6

這麼困難

還有比失去更難的事

7

神也允許你

心裡抱著毒蛇

口中甜如蜜

8

允許你擁有萬國的財富
卻沿街乞討

9

允許你不愛
允許你無知
允許你讓謊言變成弓箭

10

我是鳴的鑼，響的鈸
口說天使的話語

而不自知

11

不愛
是我最大的傲慢

12
而愛的時候
我就借用你

13
也不註明出處

14
你的名字
從傷口掉出來

15

像一顆被射穿的蘋果

16

恐懼你

恐懼

受傷的都得到治癒

恐懼死亡的都重獲新生

17

恐懼我

不如我想像般醜陋

18

願神安慰我們

像安慰那些不愛祂的人

19

說到愛
我愛你
像世上從沒有過惡魔

只剩下吻

或許
我不必把世界上的一切
都體驗過
才算是
體驗過一切

現在有一陣風吹來
我感覺到了
或許那就是一切

地上有一小片陽光
我看見了

或許那就是一切
而且一下子就不見

在寒冷的早晨
喝一口熱茶
又放下來
或許那就是一切

我喜歡的女人
掃過我的一眼
沒有一絲在意
或許那就是一切

用一生釀的酒
隨便就打翻
或許那就是一切

我碰觸你
你沒有拒絕
我碰觸每一個人
他們也沒有拒絕
他們和你也都來碰觸我
或許那就是一切
我也沒有拒絕

說了笑話
沒有人笑
只有長長的寂靜
只有長長的風穿過
每個人
卻都覺得舒服
或許那就是一切

我犯了錯
永遠無人原諒
我摘了不知名的小花
只為了丟棄

我覺得困窘
我想要逃跑
我拿了一切我想拿的東西

恨過我的人
應該都已經來到面前

我跳下去
只一瞬間
我擁抱
只一瞬間
我忘了你

只一瞬間
我覺得幸福
只一瞬間

或許那就是一切

一個吻來到
當我連它的主人都忘了
只剩下吻
那
就是一切

現在
我死了
我感覺到了
或感覺不到
那都是一切

奢侈地說：愛

奢侈地說：愛。
世界上最愚蠢的那個字

奢侈地說：愛。
那是放縱的人用的字
綁架犯掛在嘴邊的字

那是死囚斷頭前
用來欺騙神的字

那個跟戰火和死亡有關的字

那麼奢侈地說：愛。
就好像直視天使不是一件
會灼瞎雙眼的事
好像你傲慢得以為自己
能與太陽擁抱

但你確實可以說：愛。
如果你真的有那麼奢侈
那麼放縱
那麼傲慢
尤其是

那麼愚蠢

愚蠢到當成最平凡的一個字
去說
如果你真的
愚蠢到空無一物

空得能讓整個宇宙
從你的身體穿堂而過

我

殺了一個
又長一個

像花，像時間
像癮

你

死不是生的對極
你才是

神

累了
何不跪下來
親吻我的腳趾
讓我哄你入睡

神

II

你的名字
借我
當作所有罪惡的名字

死

我的死，是為你們準備的
吃吧、用吧
別客氣
雨，不是只為一個人下

附記：我，是唯一需要戒斷的癮*

我的人生已經結束了。常常這樣想，不知道有幾分可信，也許就是沒幾分吧，才讓「我」如此生生不息。想要什麼呢？一快樂就想要重複，一痛苦就想要避開；擁有的，已經不夠，沒有的，還想奪取。安靜了，竟恐懼，忙著生出許多聲音來。

喋喋不休的我。

詩篇第四十六章第十節：「靜下來，了知我即是神。」

神才誕生，就已消逝，消逝在眾人的口中。我想把神抱在懷裡，輕輕安撫。那麼小，那麼軟的神啊。

老子說：「死而不亡者壽。」聖經說：「凡想要保全生命的，必喪掉生命；凡喪掉生命的，必保全生命。」我的滅絕是神的顯現。

我，是唯一需要戒斷的癮。

文字不能講述真的事，只能暗示。我也是神的暗示，神是我的代罪羔羊。

一開始想，絕對不要挑看起來太了不起的字，沒想到徹底失敗，最後寫出來的全是大字，它們永遠不會消逝，只會永垂不朽，借屍還魂。

*前五首應夏夏所編《沉舟記》計畫而寫，此文是當時針對這組作品寫的短文。

只是灰*

在讀之前
就聽他談過這本書
聽了
但忘光

後來讀完
才想起
他說的是
真的

我最近才認識他

才真的認識他

認識一個人
有些客氣要破
像他踏破自己的界線
在詩裡
也在詩外
我發現有些庸俗的字
甚至比真誠

更適合形容他
比如浪漫
和危險

他讓自己
掉下去
有時也敢
推人一把
——別誤會，
有時我們就需要
這樣

下去

渴望安全
無可厚非
但更渴望
捨棄安全

捨棄我和你之間
由幻想構築的牆

有些危險需要經歷

有些錯誤需要擁抱
如果真實
要被認識

每當行過死蔭的幽谷
我都跌落
我都遭害

祢的杖、祢的竿
都擊碎我

願把所有
託付懸崖

有些詩算是耽溺
但那裡不是他的終點
門打開
發現路還很遠
一切都和
想像不同

在夾縫間行走

在黑暗中
閉著眼睛
用手去摸
光的所在
身體教導的事
終比靈魂可靠

像是裂開一道傷口
種子才能著床
那些枝葉

那些花
那些
落下的光塵
你不能去數

這些詩
確實只是一層灰
無論是用誰的
骨頭燒成
卑微瑣碎

但多美的灰呢
幾乎就像
其他
一切
一樣美

*此詩原為任明信詩集《雪》的序

際遇

1

所有羊群之中
我最期待野狼

2

渴望天堂的人
用鮮紅的雙手祈禱

3

恨要及時
以免什麼

都已被原諒

4

恐懼亦要及時

5

那是真的嗎
享受那幻術
但不要相信

6

是信仰毀滅了美

7

殞石放縱欲望
犯了擁抱大地的罪

8

萬物自行生長
不用你介入

9

是奇蹟遙不可及
還是你被催眠
成了凡人

10

醒來
然後像在迷宮中那樣活著

11

像在大海中活著
像在星際中活著

12

耳聞奧祕的羊
默默披上狼皮

13

在不公正的宇宙中
我是唯一一顆冷酷的心

身體意志

即使沒人在等
也要跑得那麼快

酷刑意味著身不由己
身體被迫執行某些動作

未曾緩解的渴
只能透過喘息和出汗
來表達

年輕的身體

讓人看了就好想折磨
折磨起來
像弦被往來磨擦至
快要綳斷的
那種努力

有一種美
被限定
在這稀有時刻
誕生出來

歡笑帶來恐懼
因此是被嚴格禁止
的項目

偉大情操

必須招致誤解又
自鳴得意

若非良知阻撓
理應前程遠大

靜坐冥想
卻一再勃起

禱告總是訴諸明天
便永遠不會在

此刻到來

每當意思到了嘴邊
味道往往不太一樣

暴力累積到
快要行使
就趕快行善抵銷

痛苦啊
還是佔了上風

身體是聖殿
心是王

王，每每孤寂
有時又輾轉難眠

共生

「因為凡有的，還要加給他；凡沒有的，連他自以為有的，也要奪去。」——路加福音第八章第十八節

我殺死的人
都成為大地的食物

無辜的嬰孩
遭陌生的女人生下

他的痛哭
有人聽見了嗎

受傷的野貓
走進暗紅色的巷子

暗紅色的巷子
吐出綻放玫瑰的少年

冰雪融化為海
是否心痛
從左手交到右手的
可曾吝惜

獅子口中飛出的
也是鴿子

銜去我的金葉子
銜去我的藍寶石
你付出死亡
贏得一顆破碎的心

對他人的快樂心懷恨意
並不可恥
其他人
也是這樣活著
遺憾的

不必再彌補
這輩子欠的
也不用下輩子還

世界很公平
我失去的
將由別人獲得

這樣說著的人
靜靜等待眾人的擊殺

八七

那些殺死我的都並不致命*

愛我的女人
毒死了我
慢慢地
一點一點地
用極精美的毒藥

不知道她哪弄來的
無色無味
摻進我
日用的飲食
身體惡化的狀況
細微到讓人誤以為

只是正常的老化
毫無痛苦（至少是
那麼難察覺）
說不定還
有點快樂
她一定加了點嗎啡
大麻蘑菇死藤水
之類的東西甚至
可能混進了天曉得
什麼保健食品
她舉手投足
沒有一絲破綻

她的心
甚至是純潔的（至少
在我眼中）

她多有耐心啊
是怎樣深不可測
的理由
才讓她
為了毒死我
足足花了五十年

＊詩題改自沈意卿書名

神話集

錶匠

今天我又遇見他
坐在街角（旁邊是修補皮鞋的師傅）
拿著放大鏡與鑷子
調整一支機械錶的齒輪

他的視力欠佳
手工也不甚精巧
那些細小的零件
常常掉到地上

他說會弄丟的
就是不需要的

夢

神，
你作了什麼夢
夢裡你是否也孱弱如白童

應許之地

他們只不過是想上天堂
你就應許他們吧

地獄有我來陪你
地獄還有很多人願意陪你

齊物

但是，唉
神沒有太多選擇
他只能全選

所有滋味
他都一次嚐到
所有可能
他都一次經歷

虛構

神只是人虛構出來的東西
我這樣說。
但錯了
應該說
只對了一半：

人也是人虛構出來的東西

渺小

我是如此傲慢
但聽到你的名
就落淚
因為我真正的渴望
是渺小

無知

那人說
「要像神
那樣活著。」

但什麼叫
像神那樣

我怎麼知道
神是怎樣活著？

「那就
對了
神也是這樣
什麼
也不知道。」

哈雷路亞

聽李歐納·柯恩

哈雷路亞
脆弱是愛

哈雷路亞
脆弱是愛

「布魯斯威利是鬼」*

1

算一算
這句話的歷史
有二十年了
聽久了
突然覺得很美
似乎包含著很多東西
像是真理
和心碎

2

鬼
不知道自己是鬼

鬼
只看見自己想看的

布魯斯威利不知道
自己是鬼

我

也不知道

3

現在這句話可以當成
笑話來說
意味著時間的魔術啟動了

多年以後布魯斯
威利的鬍子白了
還穿上一件墨綠雨衣
其實

他還是那個鬼
還是那麼脆弱

世界是一場巨大的夢
醒來的人
都是暗樁

*此詩題本應加註，但知道的人不必註，不知道的人註了無益，只是爆雷。不如不註。

也是一樣

誰會為了愛一座海洋
而羞愧呢

就像如果你愛抽菸
要當作一隻貓那樣去愛
誠心誠意地愛

你不用變成專家
甚至不必太有品味
原本就沒用的事情

不必附加上其他價值
才能去愛

像你泡進一缸舒服的熱水
像你愛一塊 A5 和牛
像你聽湯姆．希德斯頓
朗讀圓周率
那樣去愛

至於不愛抽菸的人怎麼辦呢
當然是

要大大方方地不愛

跟攻擊無關
跟反對無關

如果你不愛得足夠大方
那幾乎就
跟愛一樣了
世上從來只有你一人
跟誰都無關

甚至你愛，
卻不抽一根菸
也是可以的

甚至你也可以
從一個真正的愛抽菸的人
在一瞬間
斷然地成為真正的不愛抽菸的人
沒菸癮太可惜
你不知道那種迫切熱情

有菸癮也太可惜
你不知道那種毫不在乎

不是誰說了嗎
愛的時候
死是平常的事*
就是在講這個。

所以把菸換成其他東西

性愛、倫理學

詩
甚至信仰與
生命
也都是一樣。

*語出顧城

歡喜就好*

1

不要努力
要歡喜
不要正確

要歡喜。

2

有的人即刻就歡喜
有的人
經過瞭解而歡喜

即刻就歡喜的
是有福之人
經過瞭解而歡喜的
也有福。

3

剛失去的幸福
也在歡喜裡面
接吻過的唇也在

早晨照在眼皮上的陽光也在
夢裡錯過的相遇也在
你傷人最深的一刻也在
血液的新鮮也在
某人的離開也在
死亡也在
大家都在

我喜歡大家都在。

*陳雷歌名

輯貳：是好

揮霍

揮霍是一種恩典

來的時候
你要認出

你要像個信使
無畏地
朗誦出來

是

好

一切都是好的
是嗎？

我試著接受那些
我不能接受的

但失敗了

我抱著這失敗
撫摸著
像摸著

一隻貓
不知如何是好。

因為沒有
什麼能把
我們淋濕

還是假裝淋得到雨
而撐起傘來吧
這樣對別人來說
也比較安心一點

如果是這樣想
就太傲慢了吧

何不一起撐著傘
再輕輕地對人說
我們隨時都可以

一起
把傘
放下來。

很慢的糖

我的領悟
還在頭腦的地方
還沒降下來

滋味這種東西
是這樣的
要像一顆糖
放在身體裡
慢慢融化

一顆融化
很慢的糖

唯心

「我們都是宇宙的囚徒」＊
被無限的自由所束縛。

此刻存在的你
就是全部過去與全部未來
的壓縮點

整個宇宙都由此展開

對任何人負責
都是對自己的不負責

——你是宇宙的中心。

並不是
你有什麼偉大之處

就只是
認了吧
你無法永遠裝作
不是這樣。

*據說來自《江湖兒女》對白，至今未看

小白鼠

1

就像你捧著一隻小白鼠
在手心
只是想看看牠的紅眼睛
但牠驚慌亂竄
你不得不捏起掌心

牠越是慌張
你捏得越緊

世界也是這樣

捧著你

2

其實
世界才是那隻小白鼠
你捏得越緊
牠越是慌張

離經

當我放棄從書中尋找真理
我的自由獲得了巨大的進展

事實上，當我真的放棄從書中尋找真理
曾經放棄的書，又重新可以讀了

這是，我從書中學到的。

自由之道

支持
相信
希望
夢想
這些字
都忘掉的話

櫻桃

去看醫生的路上
排水孔蓋卡著兩顆
未被吃過的
深紅的櫻桃

講個
很玄的

講個很玄的
不是你在呼吸
是宇宙
在呼吸著
你

講個更玄的
那個呼吸著你的
宇宙裡
沒有你，
一直以來

都是宇宙
在你裡面

差

別

這一切
會不會已經發生過了呢
沒有明顯的理由可以否認這點

當你非常非常寧靜
而敞開的時候

會發現過去
和未來
變得極近

幾乎分不出
它們跟現在的差別。

給天下苦戀的男性

你只是為了你自己。

更多

你空了一塊
就有更多的風
能吹過去

你全部空了
你就是風

取巧

更多的曲折是越來
越不可能

如果我只有直直白白
我接受

如果我膚淺
我接受

我留下粗糙
我放棄我不會的事情

我不聰明

我甚至不努力

我說出容易識破的謊話
作為遁辭

我
引進更多的我
與無明同在
與妄念一起

共度午後時光
我離正確越來
越遠

我投降

我變得
越來越不知道

我一直

在退化

我感激

我感激
如果這是取巧
那就
取吧，把我的
巧

全部取去。

如你所願

1

一個人擁有自由
我們一般說是幸福

一個人沒有自由
我們一般說是不幸

但一個人若是
不需要自由
卻可以說是幸福
也可以說是不幸

至少他自己是這樣覺得

2

至於連幸福也不需要的人呢
我們一般說
如你所願
如你所願

輯參：相見

是有神祕

但不要神祕化
任何事情
才看得到最後那個神祕
真正的神祕
直直白白
陽光普照

看見

當你看見
就會開始常常看見
直到你一直看見
在不同的地方
在各種痕跡裡面
再也無法看不見

後來你會發現
許多人也都看見了
像個祕密
但從來沒被隱藏

他們記了下來
在某處
在某一天
用舌頭
用筆
用淚痕
用花朵
用致命的傷口
記下來
有的人甚至
不知道自己記下了什麼

他們不必知道
他們張口是看見
閉口也是看見
呼吸都在那看見之中
看見他們就使我流淚。

看見你

就使我流淚。

動靜

——兼致河床劇團

靜物 I

流下來的
不是血是蜜

但刀是鋒利的
妳是親密的

白牆上走出裂縫
秋千在雨中輕輕搖晃

魚身長出鳥的翅膀
孩童在腳下畫出迷宮

石頭裂成幾瓣
也不讓人心疼

只要一片瘋狂的鏡子
就能讓海底的惑星
甦醒過來

動物I

那兩隻腳
穿可愛的紅鞋
在懸崖邊
奇怪地動著

像在寫字
像在畫著一些
中空的容器

像有一條
繩索垂掛
有人攀了上去

有些危險
全然出自想像

動的物體
靜的深淵

從冥冥之中

跳下來的
最後都剛好落在
毛絨絨的肚皮上

靜物II

金屬反射光澤
盲人瞇起眼睛

在無聲的太空裡
記憶是鋼鐵
沉默是謎

看到另一個自己
不是奇怪的事
宇宙的許多冰櫃
都躺著你的備份
異星上的工作站
缺少的那個零件

始終沒有補上

曾經殞石落下的地方
坑洞早已填平

明明是共同愛過的人
有的人說在這裡
有的人說不在這裡

動物II

石頭被鑿開七竅
變成感情豐富的樣子

牠們也行走、飲食、做愛
牠們也拍照、打卡、跑馬拉松
也有怕被別人看見的事

牠們說著同一種語言
然後殺死對方

歡笑的時候
總是聞到血味

害怕的時候
就說很多的，愛

牠們跑得很快
跑進森林
跑進黑夜
跑著跑著
就忘了回家的路

跑著跑著
就寫下新的神話

逃跑是一面鏡子
一碰就碎

打獵的人說
讓牠們跑
那正是樂趣所在

至於牠們說了什麼

我們聽不清楚

靜物 III

我常用手指觸摸
兩個抽屜相鄰的底部
確認兩邊，有平整的高度

桌上有蘋果、櫻桃，
和湖水綠的花瓶

人能從靜止的東西看出深意

路邊丟棄的筆袋
地板上打翻的牛奶
樹上掛著圍巾
河邊有一雙
鮮艷的襪子

我常用尺衡量
心的裂痕
是否每天穩定成長

機器人的眼睛碧藍
在黑夜裡
不帶感情地記錄

時間的動態
只是必然的錯覺

歌聲也像一幅畫
凝結在妳染紅的左手

動物III

獅子長出羊毛
羊毛被刮著刮著

甜與血
沒有真正的區別不是嗎
就像本源與現象
寂靜與暴力

痛苦是你還沒學會

如何享受的歡愉
像動物一樣行走
每一步都意識到
存在的全部重量

像動物一樣生活
日用的飲食
都賜給我們

無知是嚮導

死亡是師父

輓歌唱著唱著

竟然也覺得幸福了

棄屍荒野的橋段

夢見我，殺了神
趁夜色深遠
草草埋掉

斷氣的神
口裡還喃喃自語

青草生長
白童夜歌

滴答滴答

1

不用悲傷，因為我
根本不算是生命啊
這樣的對白令人悲傷

2

幻滅是你所能經歷
最美的事

3

借我一把刀
我會殺死你

承諾與實現之間
有鐵的約束

4

站得夠遠的時候
什麼看起來都像笑話

5

一生也是這樣
像樹葉篩落的光

6

錯身多少次
又留下多少人

7

一生也是這樣
滴答滴答

8
愛情也是這樣
滴答滴答

9
光
滴答滴答

10
每棟房屋
都有自己的漏雨

11

從很近的地方看去
所有的墜落都值得
都必然

12

所有的欺騙都值得
所有的不告而別都必然
而所有的受傷……

13
救救我。
救救我。

14
能讓一顆心完整的
不是另一顆心
而是破碎

15
幻滅是你所能經歷
最
奢侈的事

16
我失敗了
因而贏得命運的拋棄

17
水的清澈
要留給讚歌

這是好的

生命好大
去說
「只有這是好的。」
完全是浪費

湧

我開放自己
讓海水湧上來
讓機運湧上來
讓懊悔湧上來
讓眾神湧上來
把我吃得
一乾二淨。

無　厭

我們都是大海上的傻瓜
餵飽我的星星
餵飽我的星星

無能

我無法愛那個人——

那是這具肉身的限制

不是我的

弱

花很脆弱的
但沒問題
那被摧折的樣子
就是它的力量

你會被包覆進去

真實的你
會在裡面
被

釀出來

只是通過

說起來
那行在地上的動物
只是通過而已

天空
有雲和藍色通過
世界
有活著和痛苦通過
而在你那裡
就連世界本身

也只是一種通過
死亡是一艘行經你的船

說起來
花與石頭都更廣闊
那水潭亦更廣闊
但就連這些
也只是通過
就連你也只是通過

在霍金那裡

在墨必斯那裡
宇宙只是通過
在草薙素子那裡
物質
被她通過

在哈利．迪恩．史坦頓*那裡
在西斯托．羅德里格斯**那裡

恩典只是通過
歌，只是通過

說起來
西斯托・羅德里格斯正好是
死而復生的那人

* 演員，可參見紀錄片《哈利迪恩史坦頓的虛實人生》
** 歌手，本詩末段相關事件始末詳見紀錄片《尋找甜秘客》

因為生命
太美味

你是大海、花瓣
與獨角獸
我是常常
在路上傻笑的人

有些句子

有些句子
說兩次
甚至三次也沒關係
有的
一次也不要

這樣那樣
像摸著草
摸著水
這樣那樣
摸著花

慢慢
從底下摸著出來

聽見

《沒有煙硝的愛情》最後一場戲
兩人併坐
背景是一片草原
草原一片糊
而且紋風不動
這兩個人超像剪貼上去的
或者那其實是一片背景布
但那是不可能的，
或者有可能？
我一直在看後面的草
直到兩人走了

鏡頭還在拍
還真的等到一陣風吹過
畫面才暗掉。
它聽見了我。

有

有溫柔的樣子
有靈魂
有水
有
鏡子

還有什麼
需要渴望

還有什麼
是創造的元素

傘是嗎
痛苦是嗎
石頭也
是嗎

再見，再見

——我問他：「希特勒長相如何？」他回答：「就像一般人一樣。換句話說，就像基督。」／C.S.Lewis

1

他看過
人間最美的鳥
而且已順利遺忘

2

將水換成酒的那人
是個小偷
是個孤兒

3

是個孤兒
宇宙
是一人的遊戲。

4

能見到美而不想擁有
任其流去
是多大的恩寵

5

你是我每一次起伏的呼吸
你是我
草草踏過的廢墟

6

願你的傷口永不癒合

7

毒蛇經過冬眠
變成無罪的樣子

8

願我的惡毒受到懲罰
願那懲罰使我成癮

9

那戲弄是興奮的
那臣服亦是

有種卑賤
令人忘我

10

有眼的人說
只依眼睛所見的行事
你們就跟瞎子一樣

11

有人在地裡種下石頭
石頭長出荊棘
荊棘開了花

12

花
釀成死亡

13

凡命運說出口的
沒有一字不是詩

14

放棄吧
這一切沒有解決之道

15

死了的人已經死去
變成下一個人吧
放心走進去
你不是你所想像之人

16
多麼無聊
如今再無法抱怨
痛苦
惡
虛無⋯⋯

17
在宇宙面前
誰的幸福
大過失去所愛的那人？

18
在幸福面前
我是世上最無知的東西

19
所有不在這裡的，再見
所有不在此刻的，再見了，再見

後記：忘言

我老是在看自己的詩，尤其是在那些動搖的時刻。當然，並不是為了修改。

無論別人聽了會怎麼想，這些詩沒有一次令我失望，穩穩地，帶來啟示，帶來力量。話說回來，要是自己也不想看的東西，印出來給別人看，也說不過去吧。

能啟示你的，始終是你自己。

寫下的，永遠高於我。向我娓娓細數那些，我不知道的東西。

・

是什麼時候開始的呢，生命不再絆我的腳？

——從我不再忙著絆倒自己開始的吧。

以前我常常對自己這樣說，孫得欽啊，你在搞什麼呢？像白痴一樣。

後來，我知道答案了。搞什麼不是重點，誰搞的才是。

所以，這些詩句很多是寫給自己的箴言。
是我搞錯了這世界。

·

但這些詩是寫給我的
或寫給你的
並沒有什麼區別
畢竟我們

除了身體、思想、情緒
換句話說，個體性，
這種枝微末節的東西以外
並沒有什麼區別

·

言語能說出的，都是微不足道的事。
但我需要這些言語，把所有的微不足道耗盡。

無為不是不為，忘言不是無言。

有些時候，我無法期待一首詩更完整。我無法以此為目標來努力。

它不能更完整。

它正是存在於那不完整裡面。

寫下「只是灰」三個字的時候，也許你也想到了，我借來的是李歐納．柯恩知名的那幾句：

「詩只是生活的證據
若能盡情燃燒生命
詩不過是層灰」

回頭翻臉書，二零一八年，我貼了零雨的幾行詩，是當時狀態的寫照。這本集子裡的作品，大半也都是那段時間前後開始萌芽。

我離詩越來越遠了，才終於開始浸潤到詩的核心。

現在不妨再抄一次：

「我的美學將在這裡轉彎
一個人前行
沒有喜悅，且是
沒有悲傷」
活生生、野茫茫的一層灰。

·

白色的童子從廣袤的黑夜裡浮現

或許是河邊
或許是原野
或許是深林
用螢光色的聲音
唱出另一個世界傳來的歌

孫得欽啊，願你知曉生命的力
願你是一座橋樑，一條通道
願你每一次都敢跳入未知的火
願你守住一滴油，又遍歷人間事
願你時時刻刻與死亡同在

其實，原力永遠與你同在，不管你願不願意
唯一的問題是，你不要擋著它
像你伸手擋下太過耀眼的陽光

言寺73

作　　者　孫得欽
總 編 輯　陳夏民
責任編輯　達　瑞
封面設計　朱　疋
內文版面　adj. 形容詞

出　　版　逗點文創結社
地　　址　330 桃園市中央街 11 巷 4-1 號
信　　箱　commabooks@gmail.com
電　　話　03-335-9366
傳　　真　03-335-9303

總 經 銷　知己圖書股份有限公司
臺北公司　臺北市 106 大安區辛亥路一段 30 號 9 樓
電　　話　02-2367-2044
傳　　真　02-2363-5741
臺中公司　臺中市 407 工業區 30 路 1 號
電　　話　04-2359-5819
傳　　真　04-2359-5493

製　　版　軒承彩色印刷製版有限公司
印　　刷　通南彩色印刷有限公司
裝　　訂　智盛裝訂股份有限公司

I S B N　978-986-99661-0-8
定　　價　350 元

初版一刷　2020 年 12 月

國家圖書館出版品預行編目（CIP）資料　|白童夜歌／孫得欽 作 .—— 初版 .
—— 桃園市：逗點文創結社 2012.12　176 面；12×19 公分（言寺；73）
ISBN 978-986-99661-0-8（平裝）　863.51　　109016366

向童

夜歌